我，癞蛤蟆

和白马王子

我是小资系列

我，癞蛤蟆和白马王子

作者 / 科琳·德乐弗斯
绘者 / 艾乐诺尔·族拜
译者 / 张晔

長春出版社
全国百佳图书出版单位

很久很久以前……

我们都渴望白马王子……

他可是存在的哦！

有人可是遇到过哦！

但是到哪里去找呢？

如果在街上遇到他，或者他登门拜访，怎么能确定就是他呢？

怎么吸引他，留住他，最终嫁给他，

然后……

甩了他？

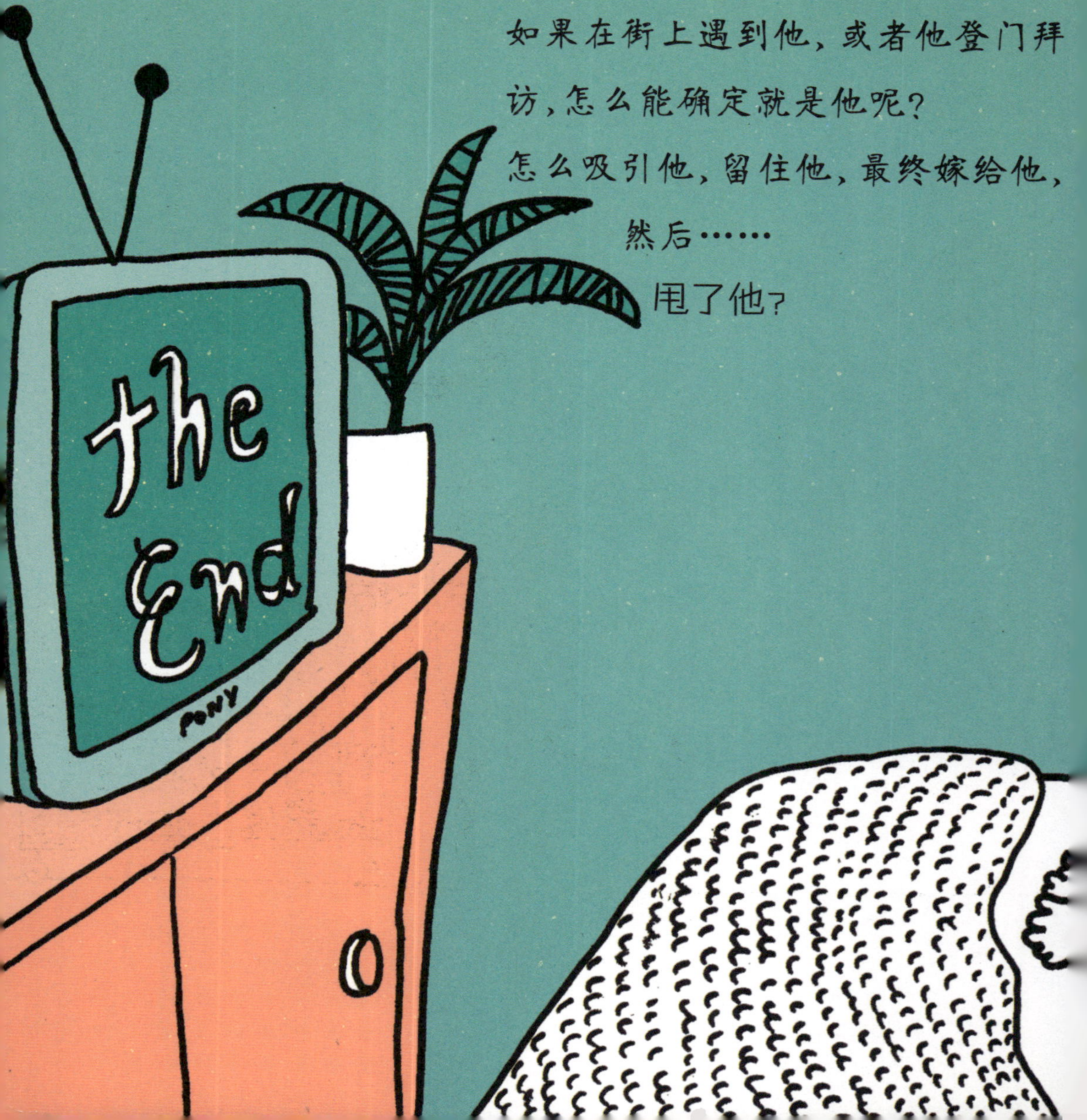

怎样才能不被假装成白马王子的癞蛤蟆蒙蔽了双眼，错误地嫁给一个黏糊糊的家伙，遗恨终生呢……

你一定能在本书中找到捕获白马王子的秘方和绝招的！

当然还有那些针对你的最实用和具体的回答：

白马王子会刷碗吗？

白马王子会脚臭吗？

白马王子有妈吗？

你将最终找到好办法，永远摆脱那些所谓的癞蛤蟆，虚假的白马王子，以及其他贴在你高跟鞋上的雄性粘人虫。

1

马王子大搜寻

1. 白马王子，你是谁？

国王的儿子，集天下美德和魅力于一身，

白马王子当然是骑着白马的。

他会毫不犹豫的屠龙、挑战巫婆、穿越险恶的森林，以便救出心爱的公主，并且娶她为妻。

这就是白马王子

2. 你在哪里？

白马王子主要存在于童话之中。

在现实生活里，白马王子通常把白马转换成一张公交卡（便于放在口袋里），这样他们能前进得更快，在地铁里也比较不会引起别人注意。

没有了白马，想找到他们可是难上加难了。

但不管怎么说，你还是有可能在以下地点遇到他们：

—**地铁里**（拿公交卡的）

—**险恶的森林边缘**

（当然，那里也会有连环杀手，性变态或者其他古怪的家伙，就看你的胆量和运气了）

—关押公主的**城堡附近**（如果你不怕遇到你的竞争对手的话）

—**咖啡馆**（白马王子通常喜欢去喝上一杯，不过你可别混淆了酒鬼和其他泡吧的家伙哦！）

—**池塘边上**（此处出没着被变成癞蛤蟆的白马王子，当然也有被变成白马王子的癞蛤蟆）

警告：并不是所有拿地铁卡的都是白马王子哦。

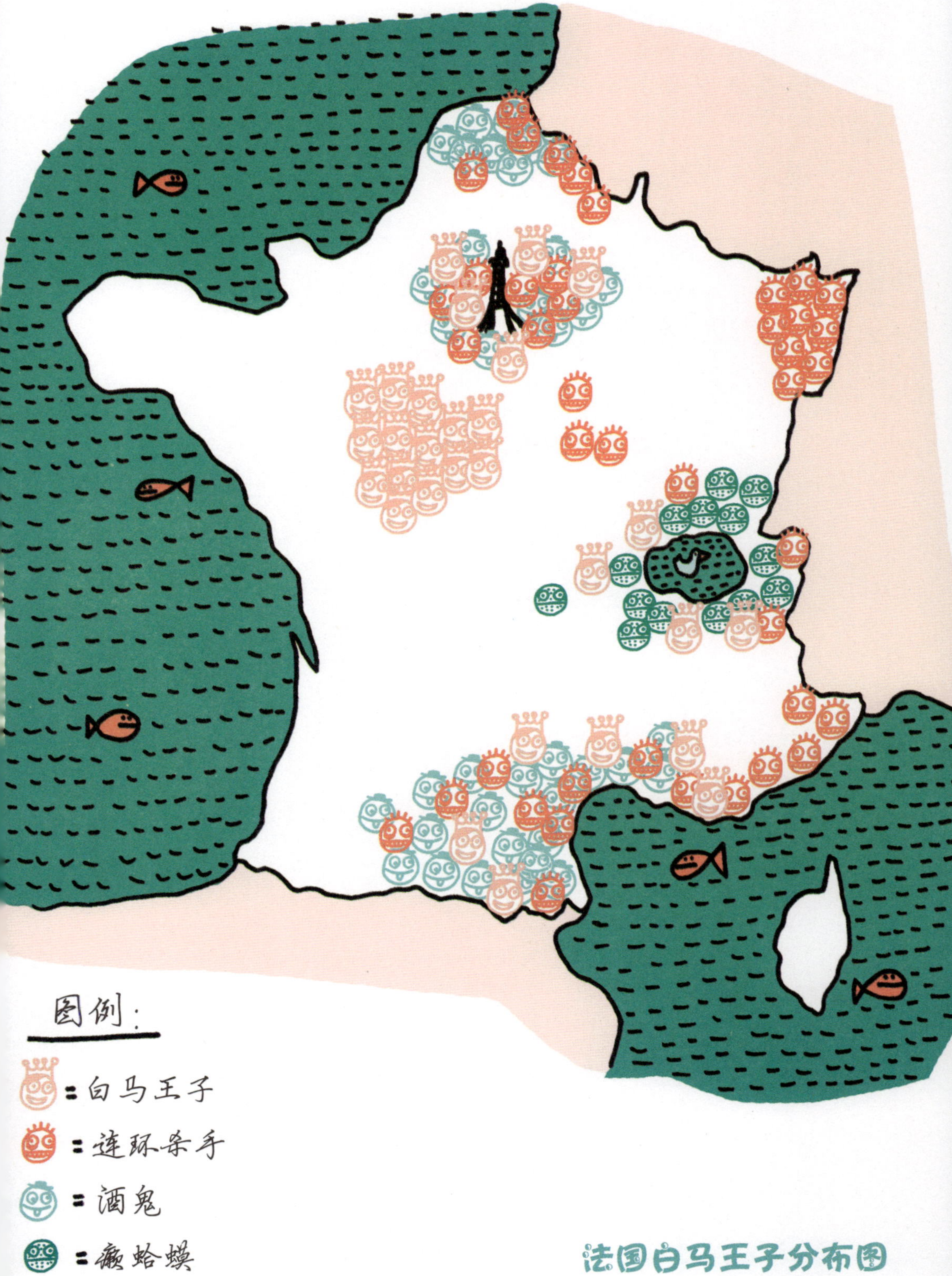

法国白马王子分布图

重要事项

请记下：

通常，威风的4×4(汽车)是21世纪的白马王子们的白马，因为它们都有着征服者的外型。

特别提醒！

4×4 里经常坐着傲慢的癞蛤蟆，装模作样而且不在乎环保，希望别人把他们当作白马王子。

你们很快就能证实自己的猜测（他们一出汽车就魅力全无），但知道总比不知道好。聪明的公主一个顶俩！

其实，白马王子的**地理分布**是鲜为人知的，迄今为止尚无可靠的科学研究数据。但是，可以肯定的是，以下地点你是绝对没有可能遇到他们的：

美容院里

你父母家

● 超市

● 你的被窝里（除非你事先把他放在里面）

● 税务局

把白马王子和最适合他的地点之间用线连起来 ↑

3. 你做什么呢？

既然白马王子无处不在（或根本不存在），那就要炼就一双火眼金睛了。

以下是 7 条必不可少的特点：

1. 他的最主要的优点之一就是不会滔滔不绝。

从来没有任何童话展示过如此一番与白马王子的对话。

Blablablablablablablablablabla
blablablablablablablablablablablab
blablablajesaisjeparlebeaucoupmais
commejesuisseulej'aiquemonchienàqui
parlerblablablablablablablaettoiqu'estce
queturacontes?Blablablablablablatuasdes
animaux?Blablablablablablablablabla
blablablablablablablablablablabla
blablablablablablablablablablabla
blablat'habiteschez tesparents?
Blablablablablablablablabla
blablablablablabla
blablabla
blabla
bla
如果他聊他妈，他不是白马王子。
如果他谈足球，他不是白马王子。
如果他说他的工作，他不是白马王子。
如果他提他的前女友，他不是白马王子。

进一步完善这个单子。

2. 白马王子是恋物癖

有谣言说，他特别喜欢鞋子，不管是拖鞋，高跟鞋还是其他的鞋……

据说，白马王子只有一个想法：

给他的脚找到鞋，或者说给他的鞋找到脚。

所以我们坚决反对你以寻找白马王子为由，光着脚上街。还是尽量去逛逛鞋店吧，不过信用卡最好还是留在家里。

3. 白马王子绝对不能抵抗住睡美人的诱惑。

所以你可以在他有可能出没的地方大打哈欠。

但以下情况请避免打哈欠：

—你有虫牙或戴牙套

—你刚刚吃了蒜

—你正在打嗝

你也可以试着睡一小觉，这对白马王子来说更让他兴奋，但是，在公共场所要看好你的包哦。

如果你在你的公司里找白马王子，请一定要避免打哈欠和昏睡。否则，就算你找到白马王子，饭碗也保不住。

4. 有人声称在水果摊边看到几次白马王子，特别是卖红苹果的摊子前面。

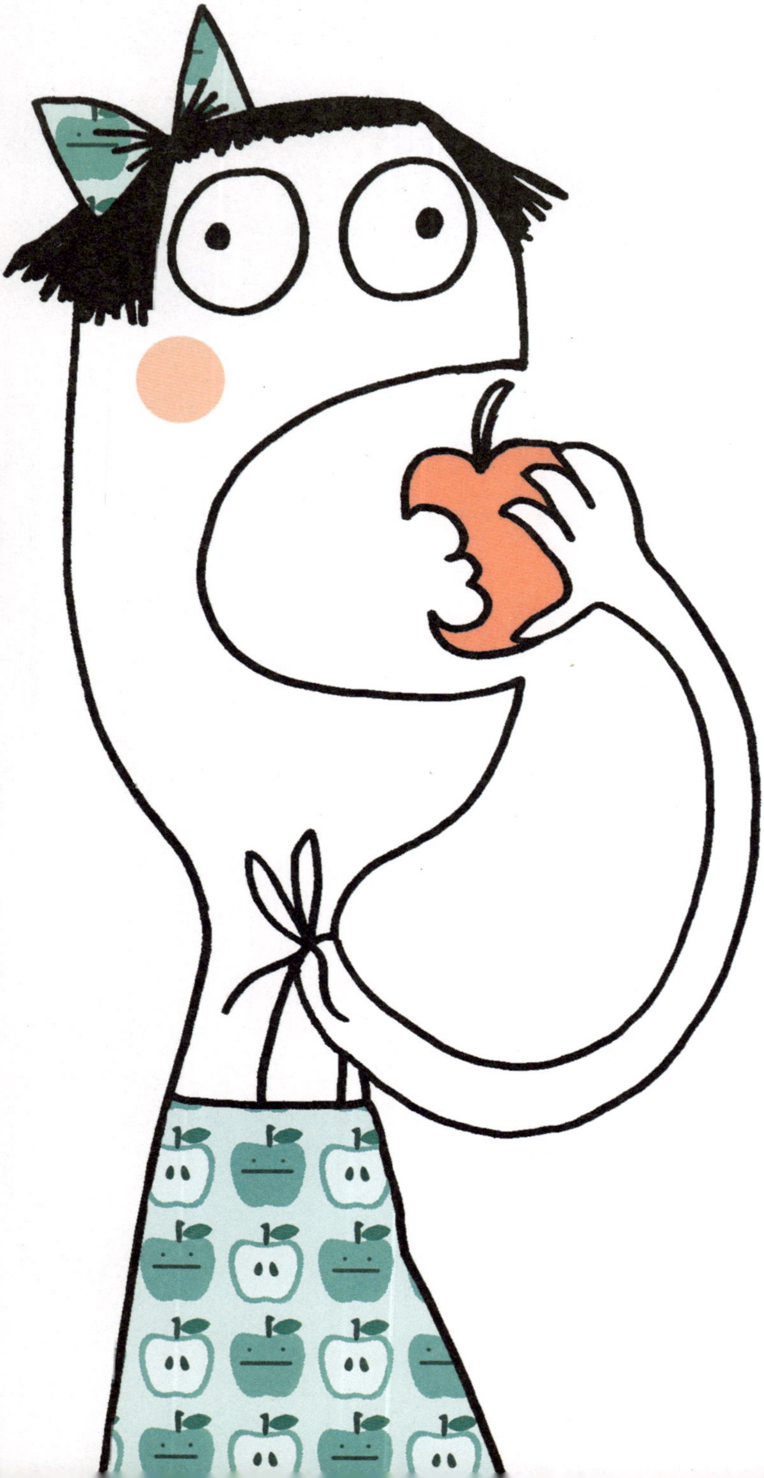

红苹果对你的身材和信用卡都没有威胁，而且，买红苹果能提高你遇到白马王子的机率呢。

小心，别给噎着！

5. 白马王子会屠龙和挑战巫婆……

既然我们的日常生活中不乏恶龙和巫婆(他们可能很象你的老板和他的秘书，你的前公公和他老婆，或者你的杂货商和他的情妇，让你独自承受他们将是不人道的)。

你或许可以找到一个白马王子，把这些恶魔都了结一下。

6. 白马王子一向喜欢小人鱼。

所以，游泳池也是白马王子出没的地方，虽然他们戴着游帽穿着泳衣，特别难以辨认。

1
2
3
4

7. 人如其名，白马王子肯定是充满魅力。

但魅力的定义就因人而异了。

你的那个在哪里？

4. 为中邪的白马王子解除咒语（或让癞蛤蟆现原形）

一定数量的白马王子都是巫术的受害者。最常见的就是把他们**变成癞蛤蟆**。与此同时，当今的人们很难相信这样的事情，所以，我们也不能说出准确的数量。

但我们却可以证实：每个周日都在池塘边上度过，对那些跳来跳去的小东西穷追不舍是毫无用处的。

用你的吻把癞蛤蟆变成白马王子的可能性几乎和中大彩票的几率一样小。就算是你不怕细菌，舌吻每一个癞蛤蟆(就它们舌头那长度，你当心舌头打结吧)，你也很少有可能找到白马王子！

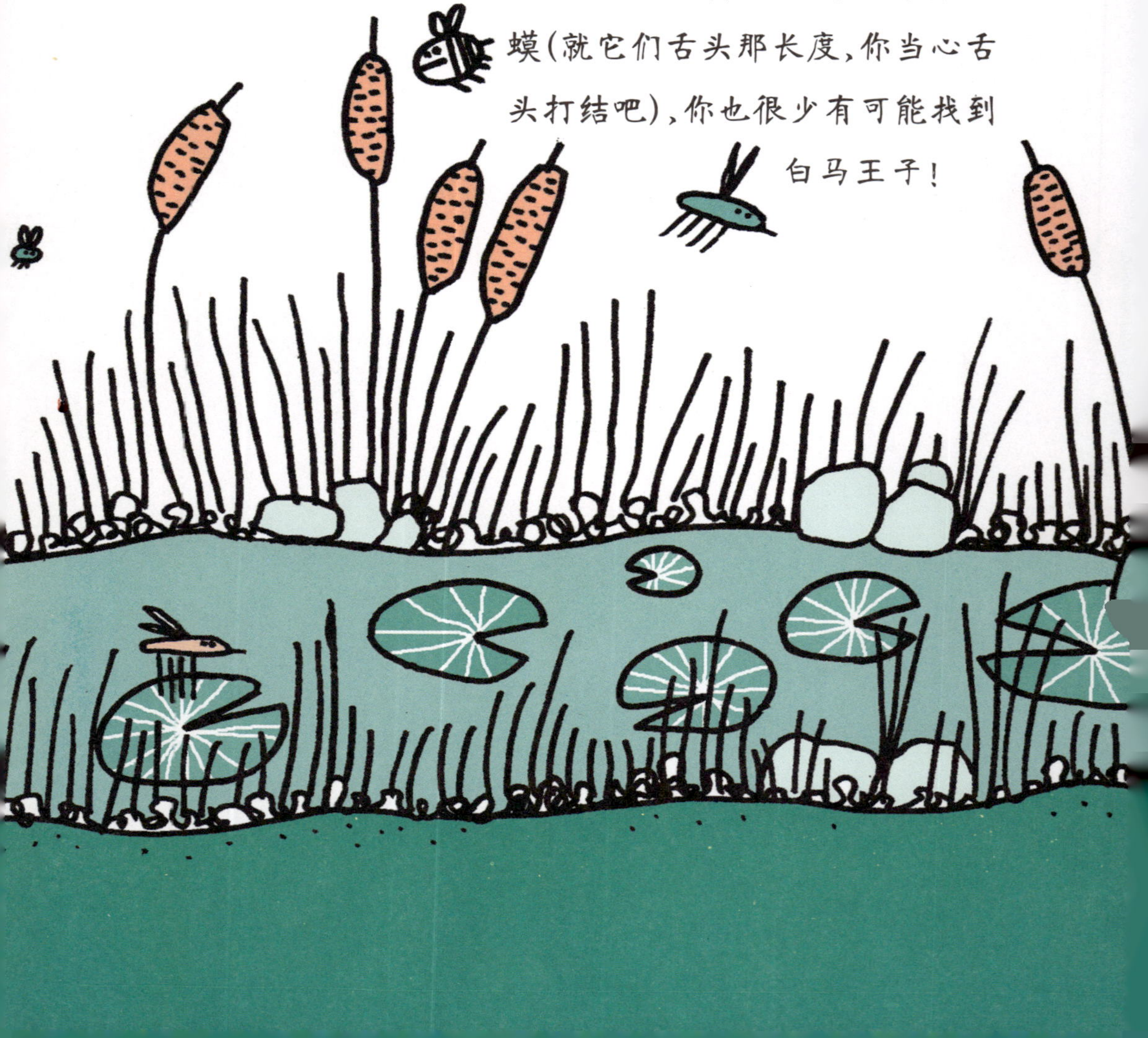

你也可以试着中大奖。据说，女亿万富翁找到白马王子的可能性会大大提高。

癞蛤蟆

但你如果一意孤行，坚决要试试经典的青蛙变王子，那你就必须知道（自然科学小常识）：

1. 了解癞蛤蟆：

癞蛤蟆属于两栖类，无尾目（这可不是什么邪教的名字，也不是什么单身俱乐部），也就是说它们没有尾巴……，但是它们的眼睛后面有毒腺，可以汇聚和释放一种有毒的乳液。

这种有毒并且可以致幻的毒液可以锁住动物的神经系统，使它们丧失攻击能力，并且可以导致它们瘫痪，甚至是死亡。

幸好！法国癞蛤蟆通常只是能导致外伤。

建议：

学会辨识法国癞蛤蟆！

2. 了解癞蛤蟆的性趣爱好

关于癞蛤蟆的性教育：

春天，是它们的繁殖季节，雄性癞蛤蟆开始追求雌性癞蛤蟆。一旦找到了它的心上人，它就会跳到对方背上，并且借助它皮肤上粗糙的老茧牢牢地抓住对方。

癞蛤蟆的繁殖本能如此强烈，雄性癞蛤蟆有时会抓住所有会移动的东西，并试图交配。

就是这个原因，在繁殖季节，我们能看到雄性癞蛤蟆吸附在鱼或者散步人的靴子上。

性教育
+
=
皮肤
（膨胀340倍）

癞蛤蟆大总结：

癞蛤蟆很丑，腿脚粗短，浑身是脓包。

它们没眼光，所以见到会动的就猛追。

亲吻癞蛤蟆，你可是冒着死的危险，就是不死，也是惹一身疙瘩，或者为你的新（而且脆弱的）高跟鞋上添一个粘乎乎的追求者。

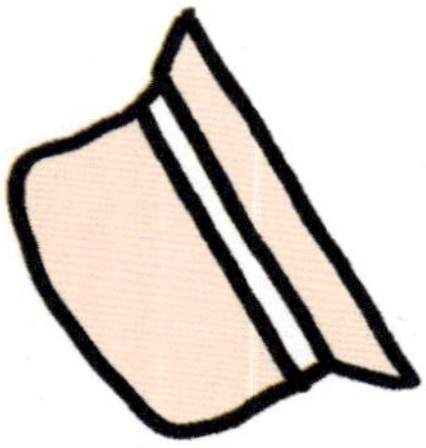

从来没有任何科学研究表明，癞蛤蟆可以进化或变成白马王子！

注释：癞蛤蟆一词里的癞字意思不就是窝囊吗。

本测试可以让你认出并避开所有拦你路的癞蛤蟆。

→ *在一个或几个相关方框里打勾*

他浑身是脓包 □

他腿脚粗短，靠爬行前进 □

他见着会动的就追 □

他害你起一身疙瘩 □

*如果你把所有的方框都打勾，那你赶紧把脚抬到脖子上去吧。

*如果你在至少一个里面打勾，你可以肯定，这是个癞蛤蟆！

5. 怎样不把被施了魔法的白马王子错当癞蛤蟆。

辨识一个被变成癞蛤蟆的白马王子的最好方法就是通过他的**话语**。如果在你散步的时候，有个癞蛤蟆与你交谈，如果他用责备的口气，建议你亲吻他，千万别犹豫！

你中大奖了！

但你吻他之前也要做好保护自己的准备（比如签个婚前财产公证啥的……），因为有不少逃脱的白马王子都是借助一个吻找回他们的英俊外貌的。

也要小心那些说外语的癞蛤蟆，有些其实就是想骗婚。

“我真想变成一座冰山，融化在你双目的阳光之下……”

6. 所有人都可以遇到白马王子。

提示： 我们不得不提醒大家，白马王子自古以来就是喜欢公主或类似公主的人。所以，要提醒所有假装公主的人穿着和举止都要像公主，如果她们真的想嫁白马王子的话。

当然，你可能发现装扮成公主不是件容易的事，因为你毕竟还不拥有白马王子的信用卡……。有些金融机构推出过渡性贷款，一旦你成婚之后，由白马王子偿还。

当心，别混淆了！那个信用贷款的代言人可不是中巫术的白马王子哦！

千万别吻他！

会见白马王子的必不可少的行头：

一头秀发
一双玻璃鞋
粉粉的脸蛋
人鱼般的长裙
一盒子安眠药
一张驴皮（也可以用更加环保的化纤品代替）
7个花园里的小矮人

补充说明：

遇见白马王子的建议着装……

可能的话也可以去租公主的戏装，或者借助魔法，但那样的话一定要在午夜之前遇到白马王子哦……

公主们的王牌之一（除了她们的美貌和服饰）就是歌喉，她们清脆的嗓音和陪伴她们的宠物们合唱。

如果有众多小动物和鸟儿相伴，能大大提高你遇到白马王子的机遇哦。

你可以试试荷兰猪，豚鼠，兔子，乌龟和你侄子侄女的金鱼，或者去动物保护协会看能否找到理想的合唱团员。

我的王子迟早会来，他迟早会爱上我的……

当然，迟早！

但我们还是建议大家动用所有可能的方式，尽快找到白马王子，因为到目前为止，我们还没在任何童话里见到，年轻英俊的白马王子爱上年老色衰的老公主。

到那时，你将孤苦伶仃，又老（像个干柚了的苹果）又丑，自言自语：

“镜子，镜子，告诉我谁才是最漂亮的女人……”

（确实，那不是你的公主角色所应该扮演的……）

为了帮住大家节省时间，建议大家考虑一下众多的交友网站：

wangzidechuanshuo.com

zuibaidebaimawangzi.com

皱纹
绝经
发胖
胸部下垂了
皮肤衰老
找一个白马王子!
mythique-conne
J·石头
36岁
等待爱情
王老五
66岁
寻找公主的王子
兔子叔
51岁
来和我认识吧
黑王子
32岁
寻找老婆
可可爱75
24岁
寻找伴侣
香蕉368
18岁
找人聊天
SMACK

2

与白马王子同住

得了，你成功了

（多亏了我们的建议），他属于你了！

这是你的白马王子！

他拯救了你（至少是脱离剩女队伍），

让所有闺蜜都羡慕不已。

在大多数经典童话里，白马王子和公主们的婚后生活都是如此总结的：

他们终于结婚并且有了……

……很多的孩子！

同时，伴随着众多避孕方式的进步，我们能看到王子和公主们的后代数量大幅减低。

所以你不用逼迫自己生好多孩子，你完全可以让自己处于国家平均水平

（国家平均水平是每个女人2.02个孩子*）

*迄今为止还没有关于王子和公主的后代的出生统计，但有谣言说所谓2.02是指2个孩子和一个小癞蛤蟆。

但为了保持皇家传统，你们整天藏在被窝里装模作样也无不可。

与白马王子同住不能不知：

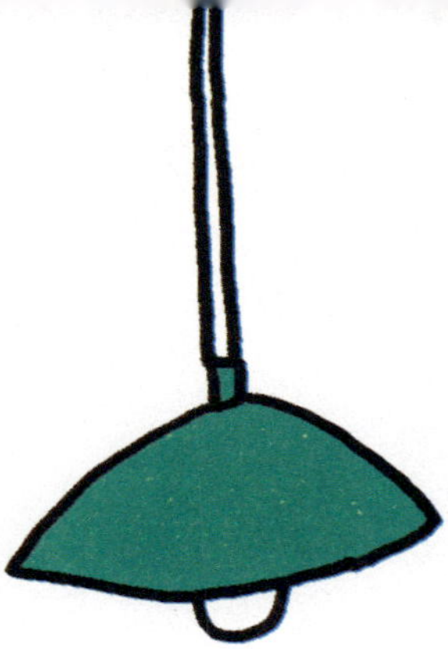

很快你就能意识到，与白马王子过日子不是那么容易的事哦。

以下是你必须知道的几个要点：

➡ 白马王子不工作！

恶龙铲除了，女巫消灭了，公主到手了，白马王子觉得自己该休息一下了。

不管怎么说，王子是没有职业的（当然除了白马王子以外）。所以在遇到白马王子的时候，你一定要搞清楚，他是否有以下物品：

- 巨大家产
- 除了拥有地铁票，还要有一张金卡（白马王子的信用卡）
- 一座宫殿，因为你那小公寓可不行，白马王子需要空间。

如果你没注意到这些细节，过后才发现你的王子是穷鬼一个，那请去看看本书第3部分：“怎样甩掉白马王子”。

你们也可以试着过有爱，有白开水的生活，但你很快就会觉得饿……并且渴望新的高跟鞋。

他们的理想女性是白雪公主和灰姑娘，他觉得洗盘子是你的事。而且，他觉得他在外闯森林，屠恶龙，回家后是万万不能再刷盘子的。

好几个世纪以来，虽然公主们据理力争，但关于分担家务的事还是从来没有起色。所以，你还是想办法要个洗碗机吧(或者是魔术棒)。

“见鬼的灰姑娘和白雪公主！……”

➡ 有的白马王子喜欢读错别字！

这可不是好改的毛病……

你一定要提高警惕啊，因为这是很碍事的

（特别是在重要的谈话场合），

在现实生活中，这更加令人尴尬。

➡ 别忘了，白马王子是国王的儿子，很不幸，他有时候还有个妈呢。

（你呢，就会有一个婆婆！）

有些童话把她们描绘成吃人婆，你还是小心你的大屁股，和胖乎乎的小宝宝，否则让你婆婆生吞了他们。

（此处是林中睡美人中的恶婆婆）

米娅皇后

➡ 白马王子从来不让你好好睡懒觉，

一大清早，他在梦中屠龙，解救什么神秘的公主（所以他一晚上都在喊什么辛迪……）

（请补充）

如果不是他，你还在梦中情人的手臂里呢。就在节骨眼儿上，他喊你起来做**早饭**……

➡ 白马王子脚臭。

白马王子不骑战马已经好几个世纪了，
但是，他那骑士的靴子却一直没脱下来，据说是怀念过去的时光。

让他在屋里把鞋脱了吧，哦，是宫殿里……

劝他把拖鞋穿上，在他耳边反复低语：
“拖鞋，拖鞋，拖鞋……”

你的魅力估计应该会奏效。

白马王子总有要缝缝补补的衣服（或是扣子……）

虽然他已经很久不穿越险恶的森林了，抑或是他趁你上班的时候去的。总之，你提高警惕吧！

小心，别在给他缝衣服的时候扎了手，否则你昏睡百年，他说不定要去另外找个新公主了。

ELLE

“你猜什么是透明，轻盈，有香蕉味的？一个猴子屁！……
哈哈哈哈！”

白马王子曾经被施了魔法，很长时间都是一个癞蛤蟆的样子，所以有几个特点你一定要知道：

他们清晨通常都有点迷糊，并且一整天都时不时地开些乱七八糟的玩笑。

➔ 一个冷水澡估计能让他们清醒清醒。

啥啊啊啊啊啊啊？

他们回答“啥啊啊啊啊啊啊”？

（意思是：什么？）每次你让他帮你一把，他都是一副目瞪口呆的样子吧。

➔ 你先让他们呱噪一会儿，然后再坚定地反复问几遍，直到得到满意的答复为止。

他们保持了当年见到会动的就追的坏习惯！

➔除了你提高警惕，迄今为止还没有任何有效的办法哦。

他经常抱怨受够了。

→ 这种状态通常被错误地诊断为抑郁症，

但其实这是被施过魔法的王子的后遗症。

他有时状态
不稳定：

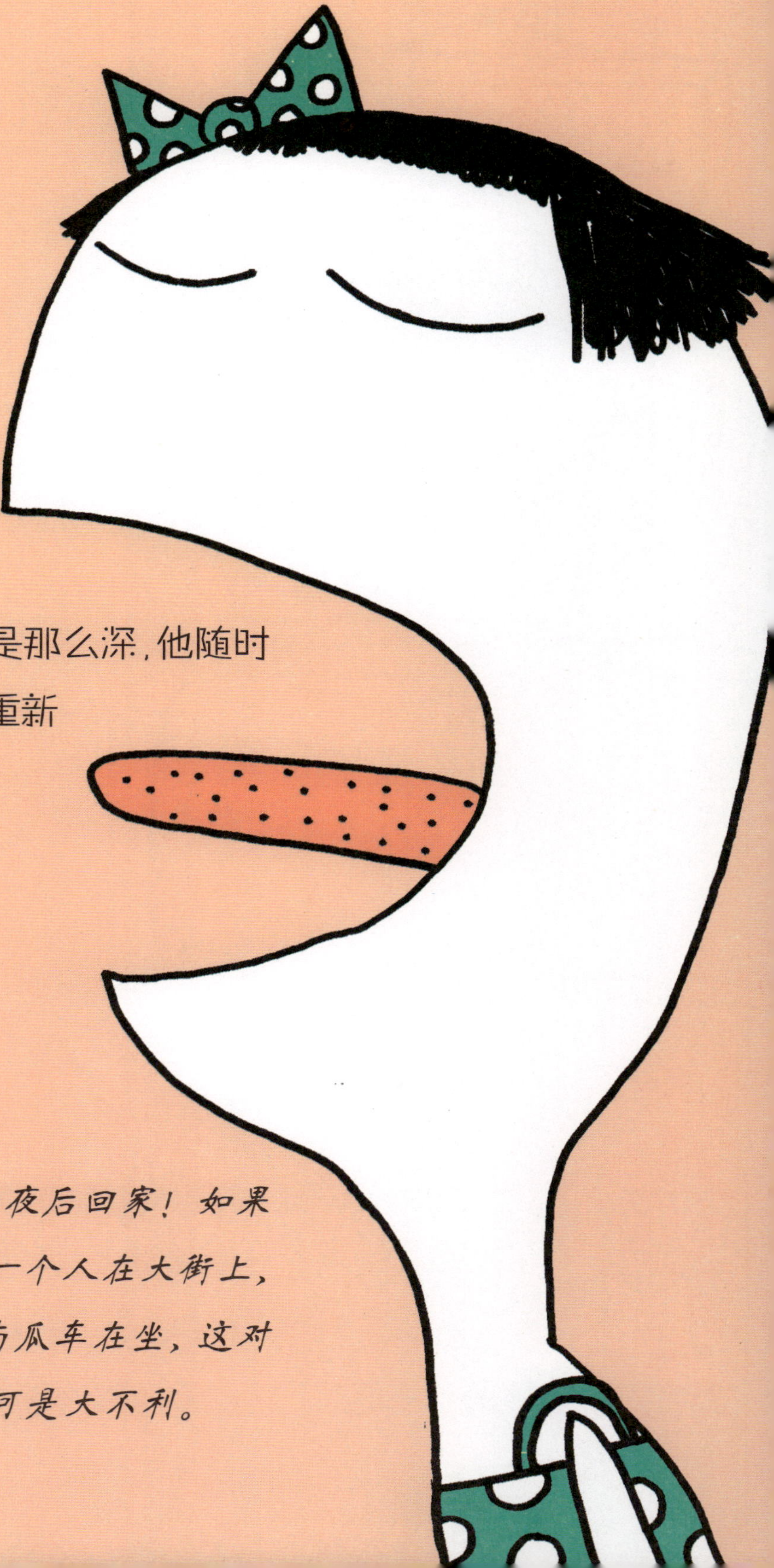

如果你的吻不是那么深，他随时
随地都有可能重新
变成癞蛤蟆。

➔ *从来别在午夜后回家！如果夜深人静，你一个人在大街上，癞蛤蟆在手，南瓜车在坐，这对你的精神健康可是大不利。*

警告

毕竟人家白马王子是受过诅咒，变过癞蛤蟆的，那段难过的，充满自我怀疑的岁月的后遗症就是他那时不时的自恋。

嫁给白马王子

可是所有公主一生中最重要的时刻，是所有小女孩的终极美梦、所有曾经受过的苦的补偿、所有等待的最终结果。

王子既是你的救星，又是你的奖赏。

婚礼：

一个神奇的节日

公主的华服

众人充满爱意的眼神

终于被肯定的价值和成功。

皇后陛下

以及路易一〇六夫妇

在此向大家宣布他们的孩子______和______的婚礼。婚礼日期定于2013年5月4日星期六，下午4时，地点定于圣母教堂。喜宴随后将会在香宝城堡举行。敬请光临。

城堡街1号

78000 凡尔赛

宾客名单

蓝胡子

驴皮公主

小拇指

7个小矮人

小仙女

小红帽

睡美人（如果她醒了的话）

穿靴子的猫

……

你的名单

请完善：

那个著名的句子：

“他们结了婚，并且有了……”

可以被替换成：

他们相识，并且有了……

他们同居，并且有了……

他们接吻，并且有了……

如今，结婚已经不是所有公主和王子的必须选择了。

请补充

他们＿＿＿＿＿＿＿＿＿＿＿＿

他们＿＿＿＿＿＿＿＿＿＿＿＿

他们＿＿＿＿＿＿＿＿＿＿＿＿

＿＿＿＿＿＿＿＿＿＿＿＿

＿＿＿＿＿＿＿＿＿＿＿＿

＿＿＿＿＿＿＿＿＿＿＿＿

W.C

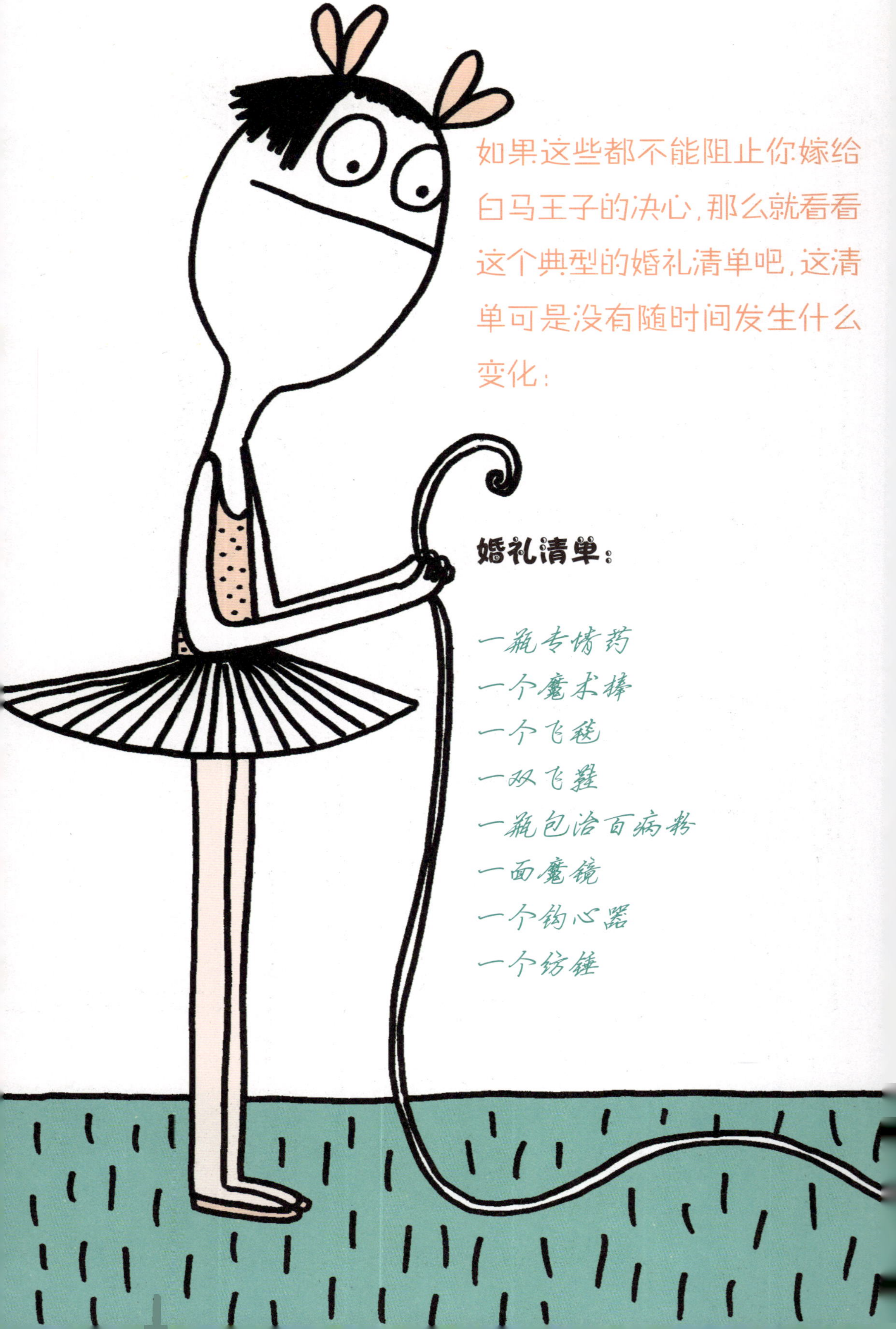

如果这些都不能阻止你嫁给白马王子的决心，那么就看看这个典型的婚礼清单吧，这清单可是没有随时间发生什么变化：

婚礼清单：

一瓶专情药
一个魔术棒
一个飞毯
一双飞鞋
一瓶包治百病粉
一面魔镜
一个钩心器
一个纺锤

它们的用途：

魔术棒：

用途多多，可做家务，洗碗碟，旧衣换新，变出时尚高跟鞋……（魔术棒真的是最基本的必不可少的装备）。

专情药：

如果你的白马王子有点朝三暮四的话，这个专情药可以让你安心，帮你管理他的情感和他的永远的忠诚。

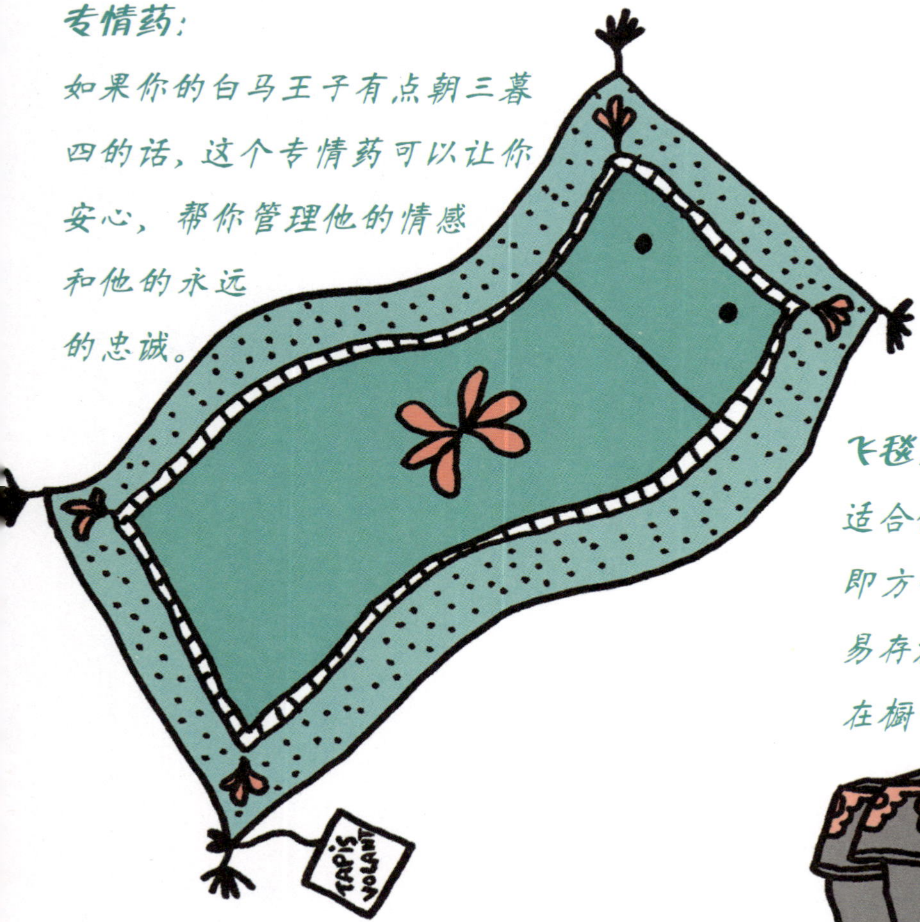

飞毯：

适合你所有的出行，即方便又比白马容易存放（至少可以收在橱子里）。

飞鞋：

另一种出行方式，虽然有点简陋，但也能用（脚臭的白马王子慎用）。

包治百病粉：

跟魔法棒一样神奇，用途不可小觑。但因为性能不稳定，有时不太容易使用。

魔镜：

请你只在有能力承受真相的情况下使用（并且在35岁之前）。

钩心器：

用来对付其他的公主情敌，后娘，婆婆啥的。

纺锤：

失眠的时候可能用得着。

测试：

以下形容词哪个更符合你和白马王子的婚礼（或是你们的共同生活）：

一个童话

重重复复

一个站着也能睡着的故事

平平静静的生活

一个纯粹的寓言

如果你的回答是重重复复，一个站着也能睡着的故事，平平静静的生活，那就请看下一章：怎样甩掉白马王子。

3

怎样甩掉白马王子

你自掏腰包请律师，声声控诉：

与白马王子相处的日日夜夜，根本就不是一场童话……

苦等了这么多年

（甚至是一个世纪），就是为了等他每天精疲力竭地回家，在你刷盘子的时候躺在沙发上看电视。

而且你也体验了那古怪的经历：白马王子变癞蛤蟆（在几年的同居或婚后）可不是说着玩的，那可是经常性地说变就变的（虽然现代流行科学对此不置可否）。

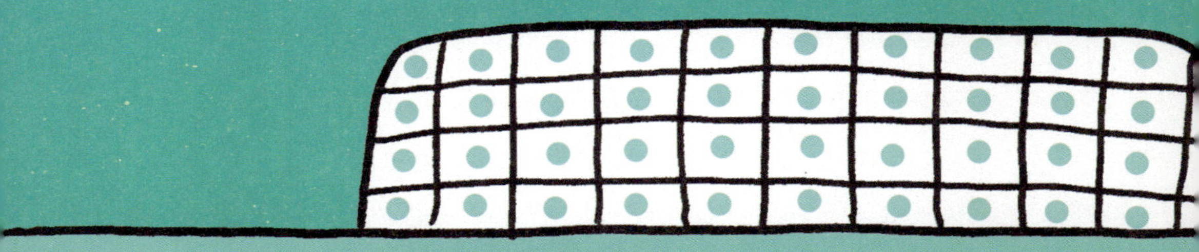

以下是可以让你（完全）摆脱白马王子的7个秘诀：

把他甩给你的闺蜜

你从来没办法阻止他见女人就追的天性。这么多年了，你整日整夜地提防着……

现在，你终于可以放手了！

命令他对自己的行为负责，立马和那个辜负你的女人结婚（别忘了洒几滴眼泪意思意思）。

★ 你这是一箭双雕：

你甩掉了一个（不怎么）好的闺蜜，

和一个（相当差的）白马王子！

把他放回他的池塘

你可以充分强调泉水的好处，和他回到自己的出生地的重要性。

这样就可以把他抛弃（或淹死）在青绿色的池水深处。

让他迷失在错综复杂的险恶森林深处

一定要非常小心，一定要选择那个特别特别错综复杂的，因为，你懂的，你的白马王子可是对付险恶森林的高手……

★ 要是他最终骂骂咧咧地回来，你还得给他补衣服，那就糗大了。

把他关在

精神病院

那你绝对省心了！跟大夫说，他一直坚持自己是两栖类无尾目，每次跟他提到莲花二字他都会泪流满面。

对他的禁闭应该是正式的。

把他送回他

妈（食人魔）家。

如果运气好，他妈肚子正饿着，

没准儿一口吞了他当点心。

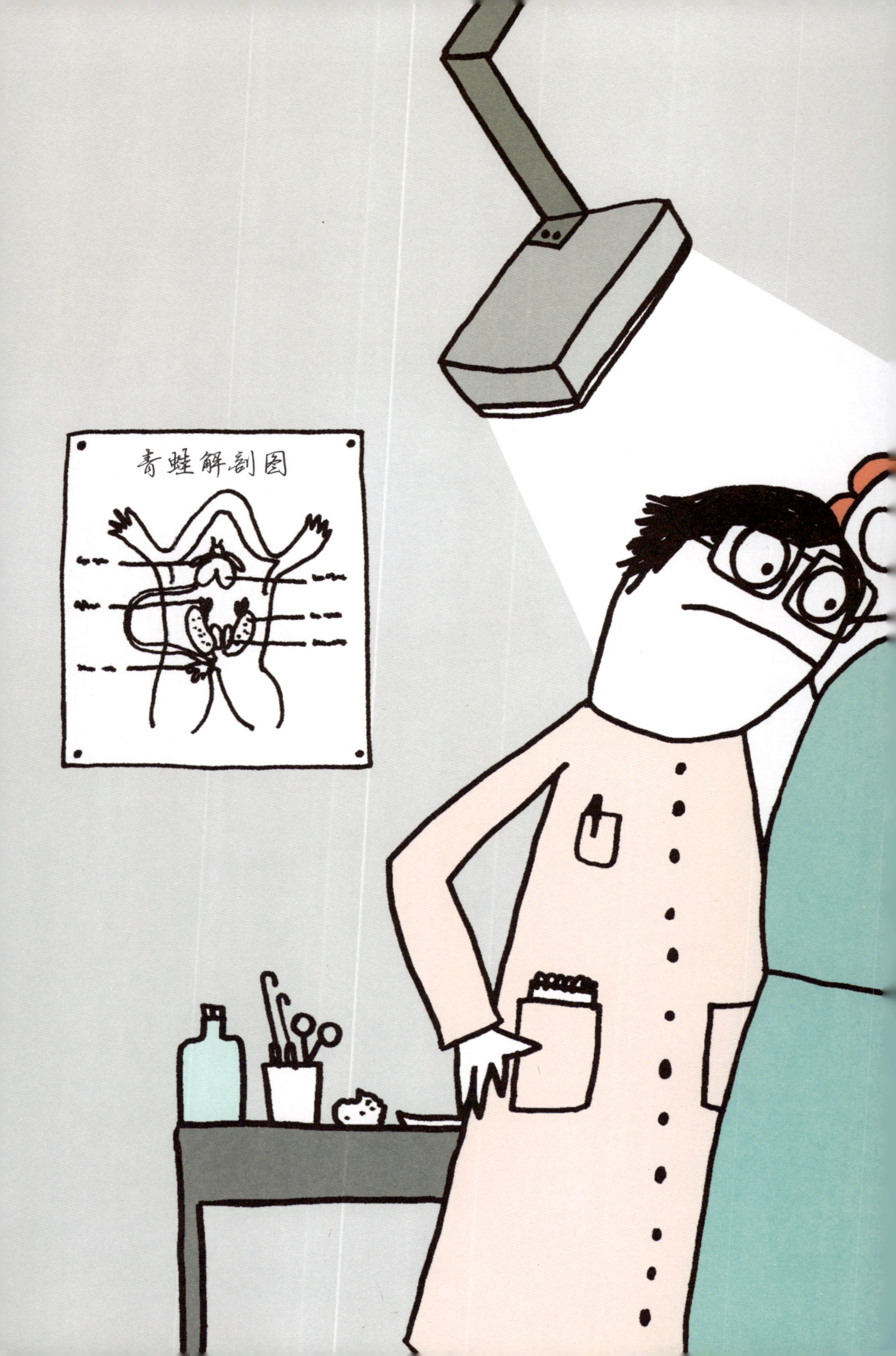
青蛙解剖图

把他当作青蛙推荐给青蛙解剖室

比较激进(他是肯定出不来,或者说肯定不能囫囵着出来),**如果高兴,你还可以参观解剖过程呢。**

唯一的难点在于让人相信这是一只青蛙,而不是一只癞蛤蟆。

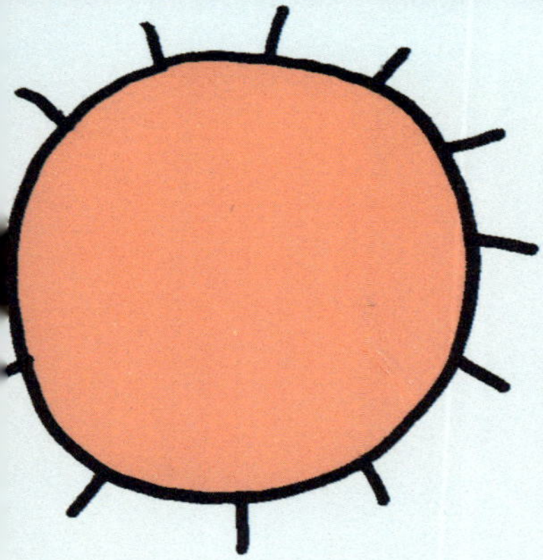

把他送去动物保护协会

凑一凑，把那些不要的啮齿类，禽类啥的打个包，连同你的癞蛤蟆一起送去。

好耶，你终于成功地把他甩掉了

（多亏了我们的建议），

你自由了！

他终于不再是你的白马王子了！

你得救了（至少是摆脱了婚姻和麻烦），

并且所有闺蜜都羡慕你。

以后谁叫我公主我跟谁急！以后谁叫我公主我跟谁急！
以后谁叫我公主我跟谁急！以后谁叫我公主我跟谁急！
以后谁叫我公主我跟谁急！以后谁叫我公主我跟谁急！
以后谁叫我公主我跟谁急！以后谁叫我公主我跟谁急！
以后谁叫我公主我跟谁急！以后谁叫我公主我跟谁急！
以后谁叫我公主我跟谁急！以后谁叫我公主我跟谁急！
以后谁叫我公主我跟谁急！以后谁叫我公主我跟谁急！
以后谁叫我公主我跟谁急！以后谁叫我公主我跟谁急！
以后谁叫我公主我跟谁急！以后谁叫我公主我跟谁急！
以后谁叫我公主我跟谁急！以后谁叫我公主我跟谁急！
以后谁叫我公主我跟谁急！以后谁叫我公主我跟谁急！
以后谁叫我公主我跟谁急！以后谁叫我公主我跟谁急！
以后谁叫我公主我跟谁急！以后谁叫我公主我跟谁急！
以后谁叫我公主我跟谁急！以后谁叫我公主我跟谁急！
以后谁叫我公主我跟谁急！以后谁叫我公主我跟谁急！
以后谁叫我公主我跟谁急！以后谁叫我公主我跟谁急！
以后谁叫我公主我跟谁急！以后谁叫我公主我跟谁急！
以后谁叫我公主我跟谁急！以后谁叫我公主我跟谁急！
以后谁叫我公主我跟谁急！以后谁叫我公主我跟谁急！
以后谁叫我公主我跟谁急！以后谁叫我公主我跟谁急！
以后谁叫我公主我跟谁急！以后谁叫我公主我跟谁急！
以后谁叫我公主我跟谁急！以后谁叫我公主我跟谁急！
以后谁叫我公主我跟谁急！以后谁叫我公主我跟谁急！
以后谁叫我公主我跟谁急！以后谁叫我公主我跟谁急！
以后谁叫我公主我跟谁急！以后谁叫我公主我跟谁急！
以后谁叫我公主我跟谁急！以后谁叫我公主我跟谁急！
以后谁叫我公主我跟谁急！以后谁叫我公主我跟谁急！
以后谁叫我公主我跟谁急！以后谁叫我公主我跟谁急！
以后谁叫我公主我跟谁急！以后谁叫我公主我跟谁急

图书在版编目（CIP）数据

我，癞蛤蟆和白马王子 / （法）科琳・德乐弗斯；（法）艾乐诺尔・族拜绘；张晔译. —长春：长春出版社，2013.1

（我是小资）

ISBN 978 − 7 − 5445 − 1241 − 1

Ⅰ. 我…　Ⅱ. ①科…　②艾…　③张…　Ⅲ. 随笔—作品集—法国—现代　Ⅳ. ① I565.65

中国版本图书馆 CIP 数据核字（2012）第 269538 号

我，癞蛤蟆和白马王子

著　　者：科琳・德乐弗斯　　绘　　者：艾乐诺尔・族拜
译　　者：张　晔　　责任编辑：张　岚　朱　红
封面设计：王久柱

出版发行：長春出版社　　总 编 室 电 话：0431-88563443
发行部电话：0431-88561180　　读者服务部电话：0431-88561177
地　　址：吉林省长春市建设街 1377 号
邮　　编：130061
网　　址：www.cccbs.net
制　　版：长春大图视听文化艺术传播有限责任公司
印　　刷：吉林省百纳印刷有限公司
经　　销：新华书店

开　　本：787 毫米×1092 毫米　1/16
印　　张：7.25
版　　次：2013 年 1 月第 1 版
印　　次：2013 年 1 月第 1 次印刷
定　　价：23.00 元